Fischer TaschenBibliothek

Katja Reider studierte Germanistik, Publizistik und arbeitete als Pressesprecherin, bevor sie sich aufs Schreiben verlegte. Inzwischen hat sie zahlreiche Bücher für Leser aller Altersgruppen verfasst, darunter die Liebesgeschichte der Schweinchen »Rosalie und Trüffel«, die in über zwanzig Sprachen übersetzt wurde. Lebt mit Familie nebst Hund in Hamburg und hält ein Dasein ohne Vierbeiner theoretisch für möglich – allerdings nicht mehr für sich selbst.

Kai Pannen wurde am Niederrhein geboren. Er studierte Malerei und Film in Köln und arbeitet seitdem als Illustrator und Trickfilmer für Werbung, Verlage und TV. Zudem hat er in den letzten Jahren viele Bücher illustriert. Daneben produziert er animierte Kurzfilme und ist Dozent an der Animation School Hamburg. Er lebt und arbeitet mit seiner Familie in Hamburg und hat zur Zeit ausnahmsweise keinen Hund.

Weitere Informationen, auch zu E-Book-Ausgaben, finden Sie bei www.fischerverlage.de

Katja Reider/Kai Pannen

Schöne Bescherung
mit
Tasso von Welfen

Eine Weihnachtsgeschichte
mit Herz und Schnauze

FISCHER TaschenBibliothek

MIX
Papier aus verantwortungsvollen Quellen
FSC® C013736
FSC
www.fsc.org

Originalausgabe
Erschienen bei FISCHER Taschenbuch
Frankfurt am Main, Oktober 2014

Umschlaggestaltung: Geviert – Büro für Kommunikationsdesign, München
Umschlagabbildung: Kai Pannen
Satz: Dörlemann Satz, Lemförde
Druck und Bindung: Kösel, Altusried-Krugzell
Printed in Germany
ISBN 978-3-596-52051-0

Tasso v. Welfen

Tasso von Welfen war edlen Geblüts.
Doch er hatte die Hundeschnauze gestrichen voll.
Jeden Tag das gleiche Einerlei!

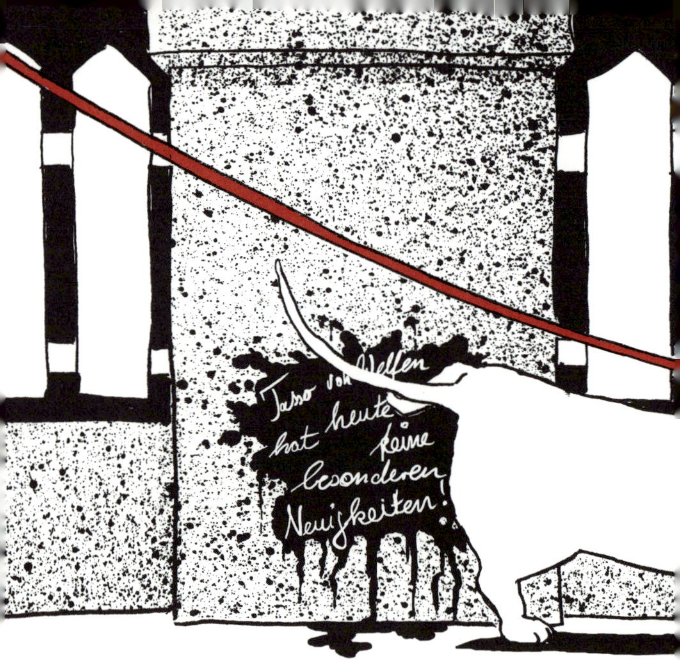
Tasso von Welfen
hat heute keine
besonderen
Neuigkeiten!

Am Morgen die kleine Gassi-Runde im Park,
die zügige Erledigung einiger geschäftlicher
Angelegenheiten …

Anschließend ein eher
durchschnittliches Frühstück,
gefolgt von einem
Vormittagsnickerchen.

Ein Mittagsimbiss, der sich nur unwesentlich vom Frühstück unterschied …

… erneutes Nickerchen, dieses Mal zu Herrchen Schmidts Füßen.

Die zweite Gassi-Runde
mit flüchtiger Pflege einiger gesellschaftlicher Kontakte.

Ein mittelgroßer Kalbsknochen
zur Atem- und Zahnpflege.

Ein Abendessen,
das sich nur unwesentlich
von den beiden vorangegangenen
Mahlzeiten unterschied …

… ein wenig Fernsehen und Kopfkraulen,

kurzer Abendgang,

Nachtruhe.

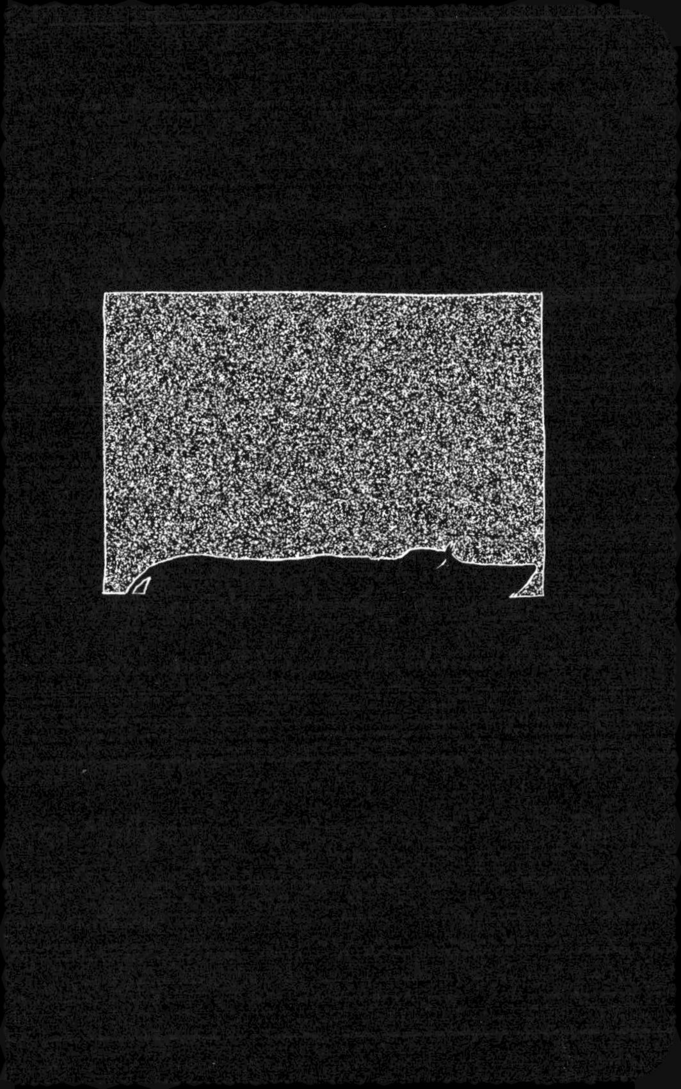

Und am nächsten Morgen ging alles wieder von vorne los.

Tagein tagaus.

Sollte dies wirklich alles gewesen sein?
Hatte Dackel nicht mehr zu erwarten vom Leben?

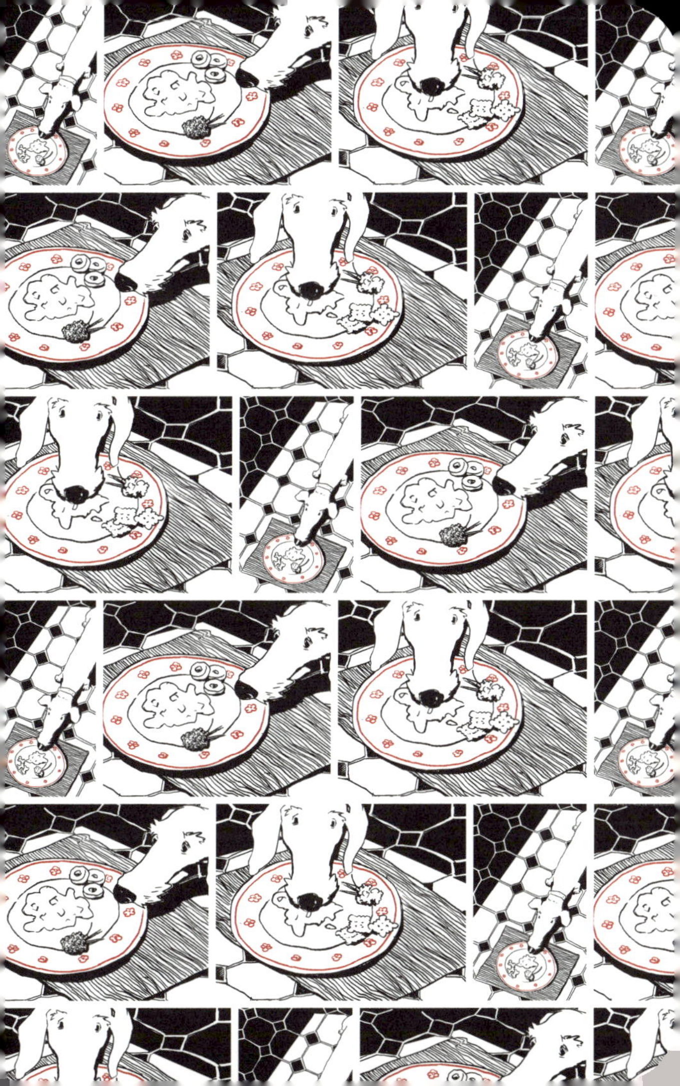

Tasso beschloss, sein Schicksal in
die eigenen Pfoten zu nehmen,
ja, seinem Dasein eine neue
Richtung zu geben!

Und zwar sofort.

Nun, vielleicht doch nicht sofort.

Es schien strategisch günstiger, den Mittagsimbiss abzuwarten, um dann frisch gestärkt in ein neues Leben aufzubrechen.

Tasso nickte zufrieden.
Zweifellos eine gute Entscheidung!

Obgleich Herrchen Schmidts Filzpantoffeln heute besonders ausgeprägten Liegekomfort boten …

Gut, dass ein Tasso von Welfen
nicht zu Sentimentalitäten neigte.
Zumindest nur ein bisschen …

Die vereinzelt aufsteigenden Tränen ließen wohl
lediglich auf eine leichte Stauballergie schließen.

Als Herrchen Schmidt zur gewohnten Gassi-Runde rief, sprang Tasso entschlossen auf.

Jetzt galt es:

Ein Dackel,
ein Welfe,
ein Wort!

Ein ausgedehnter Abschied verbot sich von selbst.

Schließlich musste man den Schmerz nicht unnötig in die Länge ziehen.

Kaum hatte Herrchen Schmidt die Leine gelöst, galoppierte Tasso schon mit langen Sprüngen davon.

Also … mit ziemlich langen Sprüngen.

Der Schnee stob nach allen Seiten,
während Herrchen Schmidts Rufe
in der Ferne verhallten.

Tasso war entzückt:
Oh süßer Duft der Freiheit!
Verheißung künftiger Freuden!
Ersehnter Moment der –

Moment mal!

Tasso blickte sich verwirrt um.
Wo befand er sich eigentlich?

Zugegebenermaßen
hatte er sein gesamtes Befinden
bisher Herrchen Schmidt überlassen,
auch das örtliche.

Nun, das war ja zum Glück Vergangenheit.
Ab sofort galt es, eigene Wege einzuschlagen,
Spuren zu hinterlassen.
Im Leben, nicht nur im Schnee!

Aber auch Letzteres konnte
mitunter hilfreich sein …

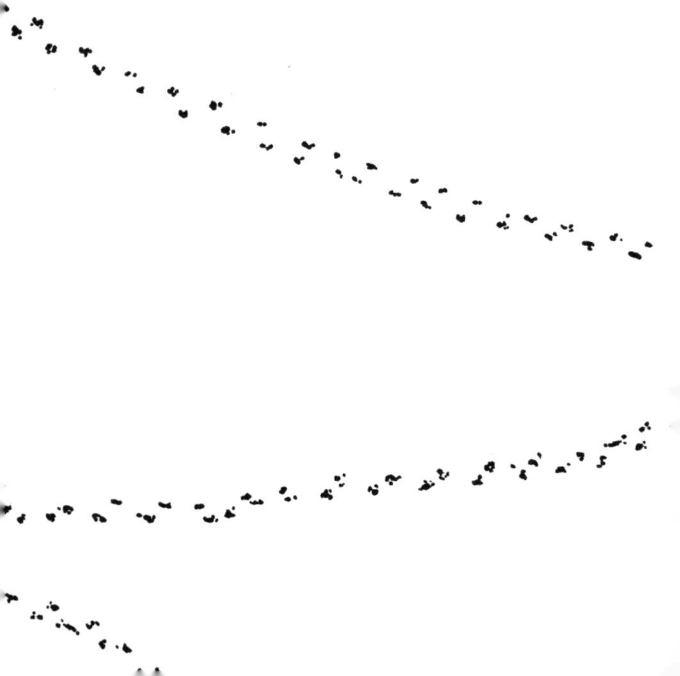

Es kam eben auf den richtigen Riecher an!
Und den besaß ein Tasso von Welfen ja zweifellos.
Wenn es denn gelang, ihn effizient zu nutzen –
also, den Riecher.

Endlich,
am Ende des Parks erkannte Tasso eine Straße!
Und direkt dahinter … den Weihnachtsmarkt.

Na bitte!

Wenn dort nicht jede Menge
unbekannter Genüsse warteten …

Tasso lief das Wasser im Mund zusammen.
Zumal sich das Loch in seinem Magen,
das Herrchen Schmidt nachmittags mit
ausgesuchten Leckerchen zu stopfen pflegte,
kaum mehr ignorieren ließ.

Ja, da konnte selbst ein Tasso von Welfen
zum Tier werden: Er rannte los.

Sicher würde auf dem Weihnachtsmarkt
die eine oder andere Köstlichkeit für ihn abfallen!
Bei aller Bescheidenheit:
Wer konnte diesen treuen Dackelaugen widerstehen?

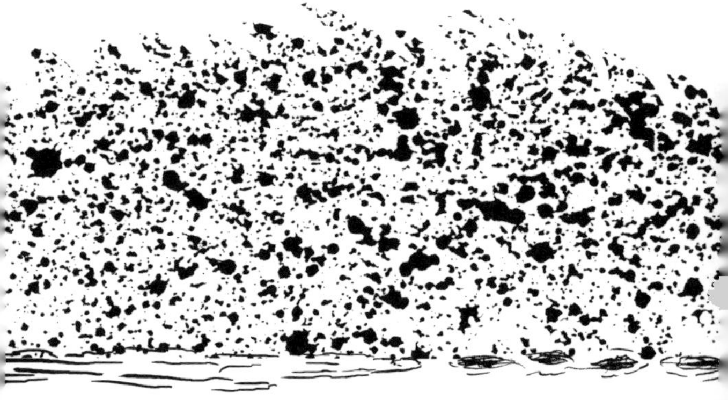

Jedoch – oh Schreck! – der Grill war kalt,
der Würstchenstand verlassen,
alle Buden verrammelt und menschenleer!

Tasso senkte suchend die Nase.
Irgendetwas Essbares musste sich hier doch finden lassen!

Da, ein Wurstzipfel,
schmutzig und halbverkohlt!
Aber dies schien nicht der Augenblick,
um wählerisch zu sein.

Autsch! – Was war das denn?
Ein schwarzer Blitz mit scharfen Krallen!
So schnell wieder fort wie zuvor aufgetaucht.
Und mit ihm der Zipfel …

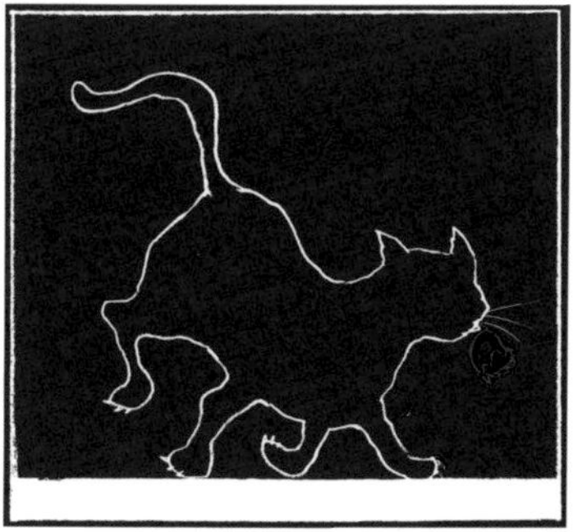

Rotes Blut tropfte von Tassos Nase in den Schnee! Tasso schluckte. Nicht mal blaublütig war er! Wie hätte Dackel angesichts dieser Enttäuschung noch den Schlitten bemerken sollen, der um die Ecke bog? Übrigens in deutlich überhöhter Geschwindigkeit …

Im letzten Moment gelang es Tasso,
sich mit einem kühnen Seitensprung zu retten.
Nicht jedoch sein Fellkleid.
Auch das noch!
So konnte er sich doch nirgendwo mehr
sehen lassen!

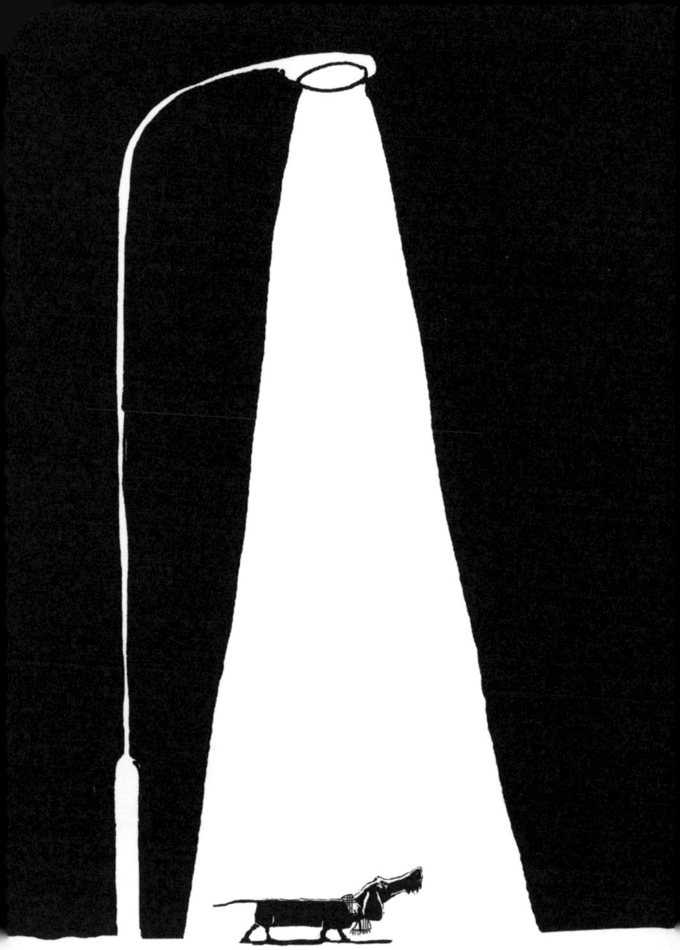

Tasso packte die Reue. Ach, was hatte er nur getan?
Trübe trottete er durch die leeren Gassen.
Die Stadt wirkte ja wie ausgestorben!

Dafür leuchteten hinter den Fenstern mehr und mehr
Lichter auf. Sehnsüchtig sah Tasso zu ihnen hinauf.

War er je zuvor so dackelseelenallein gewesen?

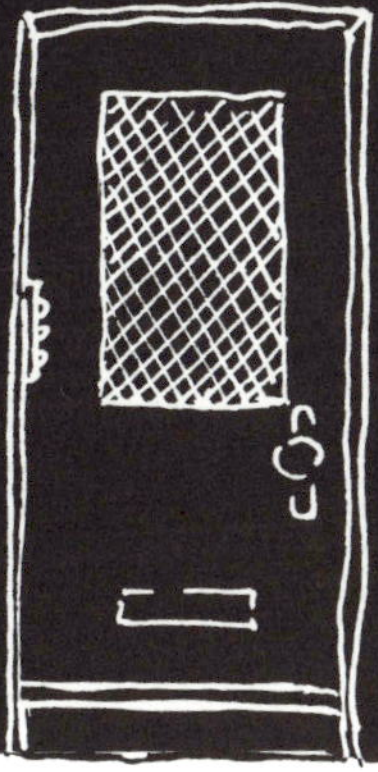

Ach, wie schön wäre es jetzt,
den Kopf auf Herrchen Schmidts
fußwarme Filzpantoffeln zu betten …

Nein, es fehlte wirklich nicht viel,
und Tasso von Welfen hätte
vollends die Fassung verloren.

Doch da stieg ihm urplötzlich
ein feiner Duft in die Nase …

Tasso wandte hoffnungsvoll den Kopf.
Sollte er etwa doch nicht der einzige Vierbeiner sein, der an diesem unwirtlichen Abend unterwegs war?

Tatsächlich!
Eine grazile Dalmatiner-Dame näherte sich.
Leider in Begleitung.

Ach, sicher würde die Schöne eiligst weiter gezogen!
Es zählte nun mal der erste Eindruck.
Und der musste ja verheerend sein,
nahezu beschämend!

Mit ihm, Tasso von Welfen, war heute wirklich kein Staat zu machen!

Jedoch …

Oh Wunder!
Dalmatiner-Dame und Frauchen traten näher!
Scheu schnuppernd die eine,
freundlich besorgt die andere.

Und so wurde Tasso, nachdem man erkannt hatte, dass er allein unterwegs und offensichtlich vom rechten Wege abgekommen war, aufgefordert, die Damen zu begleiten.

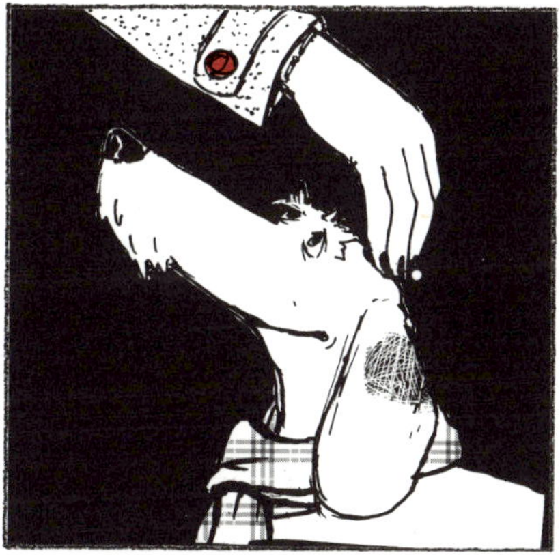

Eine solche Einladung konnte man nicht ablehnen! Befand Tasso. Zumal die Damen in der Dunkelheit seines Schutzes bedurften.

Gewiss, er war angeschlagen und Viola – so wurde die Schöne genannt – überragte ihn beinahe um Haupteslänge.

Aber spielte das eine Rolle?

Mitnichten!
Ein Tasso von Welfen besaß innere Größe.
Ob Viola das ebenso sah?
Hoffentlich!
Ach, wie graziös sie sich bewegte!

Und dieser Duft –
eine verlockende Mischung aus
Leberwurst und Unaussprechlichem …

Tasso wurde ganz schwindelig!

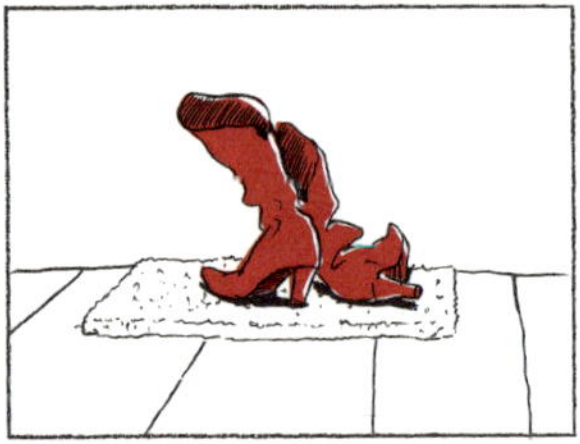

Violas Zuhause erwies sich als warm und gemütlich.
Sehr überschaubar zwar, aber dafür besaß sie einen eigenen Baum!
Eine Edeltanne! Im Wohnzimmer!
Und sie war sogar beleuchtet!

Völlig ermattet sank Tasso davor nieder.

Doch nachdem Violas Frauchen ihn in eine Decke gewickelt und mit einer üppigen Mahlzeit versorgt hatte, erwachten Tassos Lebensgeister.

Ihm ging endlich ein Licht auf:
Es war Heiligabend, der Baum ein Christbaum!
Und ausgerechnet heute hatte er Herrchen Schmidt allein gelassen …

Eine wahre Tragödie!

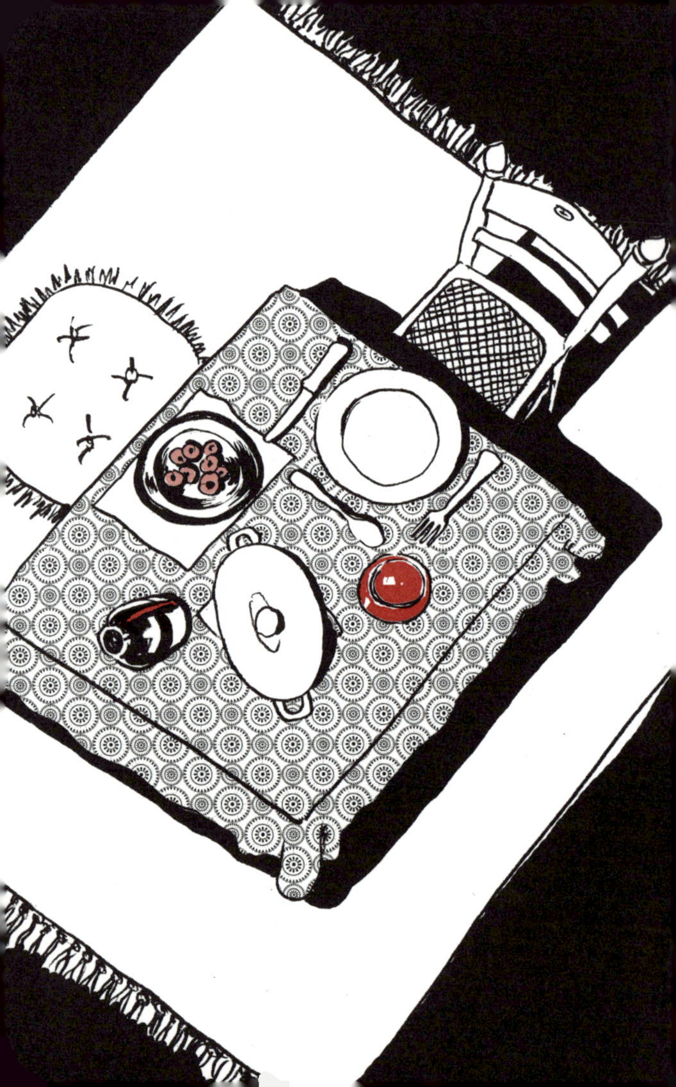

Anscheinend verbrachten auch Viola und ihr Frauchen den Weihnachtsabend allein.

Aber im Moment wurde eifrig telefoniert. In der silbernen Kapsel an Tassos Halsband, die ihm immer ein wenig – nun – würdelos vorgekommen war, hatte sich Herrchen Schmidts Nummer gefunden.

Ah, offensichtlich ging es wieder hinaus!
Vielleicht zu Herrchen Schmidt?
Oder hatte all die Aufregung in Viola ein dringendes Bedürfnis ausgelöst?
Sie wirkte ja so sensibel!

Einträchtig schritt man nebeneinander her. Und der weich fallende Schnee glänzte so hell wie Violas Tupfenfell.

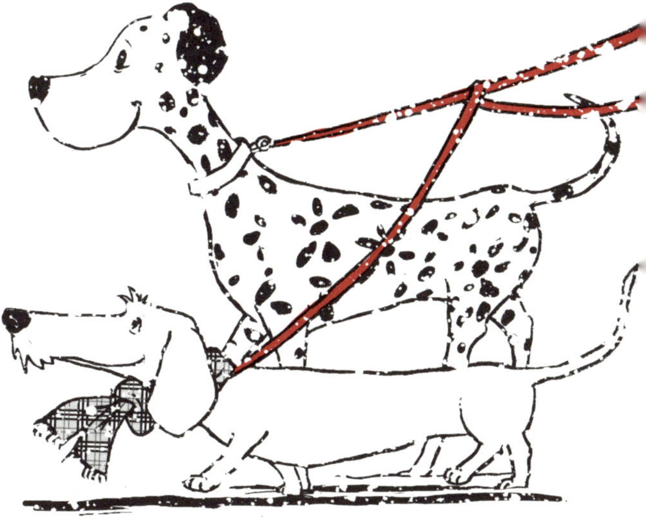

Tasso hielt prüfend die Nase in den Wind.
Irrte er oder nahte da etwa wirklich …?

Herrchen Schmidt!! Sein Herrchen Schmidt!

Ungeachtet seiner Welfschen Erziehung gab sich Tasso der Wiedersehensfreude hin. Herrchen Schmidt nicht minder.

Ach, welch ein Jubel! Welch ein Glück!
Dazu die Dankbarkeit!
Und das am Weihnachtsabend!

Das musste einfach gefeiert werden …

Warum nicht bei Tasso und Herrchen Schmidt daheim? Jetzt gleich?
Oh!
Tasso hielt den Atem an.
Die Damen zögerten, aber nur einen Moment.

Nun ja, warum nicht?
Glühwein, Zimtsterne,
etwas Leb-, Honig-, Hundekuchen …
nur auf ein Stündchen.

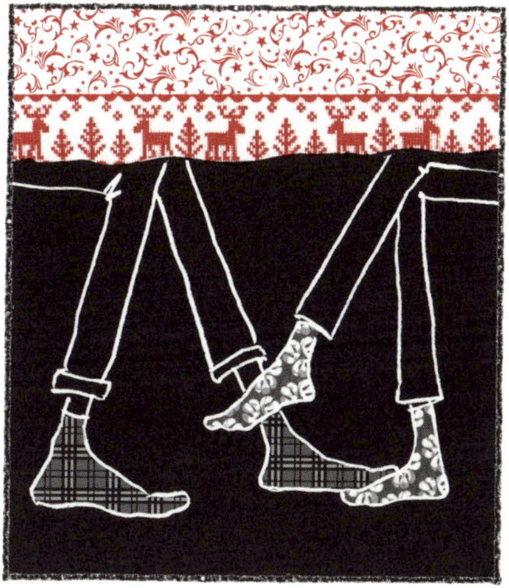

Es wurden mehr.
Wie viele? – Also, bitte!

Wer will Tasso von Welfen
schon in Verlegenheit bringen?
Von Herrchen Schmidt und
den Damen ganz zu schweigen …

Der nächste Tag war ein ganz besonderer:

Am Morgen die kleine Gassi-Runde im Park, die zügige Erledigung einiger geschäftlicher Angelegenheiten …

Anschließend Frühstück,
gefolgt von einem Vormittagsnickerchen.
Ein Mittagsimbiss, der sich nur unwesentlich
vom Frühstück unterschied.
Erneutes Nickerchen,
dieses Mal zu Herrchen Schmidts Füßen.
Die zweite Gassi-Runde mit flüchtiger Pflege
einiger gesellschaftlicher Kontakte.
Ein mittelgroßer Kalbsknochen
zur Atem- und Zahnpflege.
Ein Abendessen, das sich nur unwesentlich
von den vorangegangenen Mahlzeiten unterschied.
Ein wenig Fernsehen und Kopfkraulen,
kurzer Abendgang,
Nachtruhe.

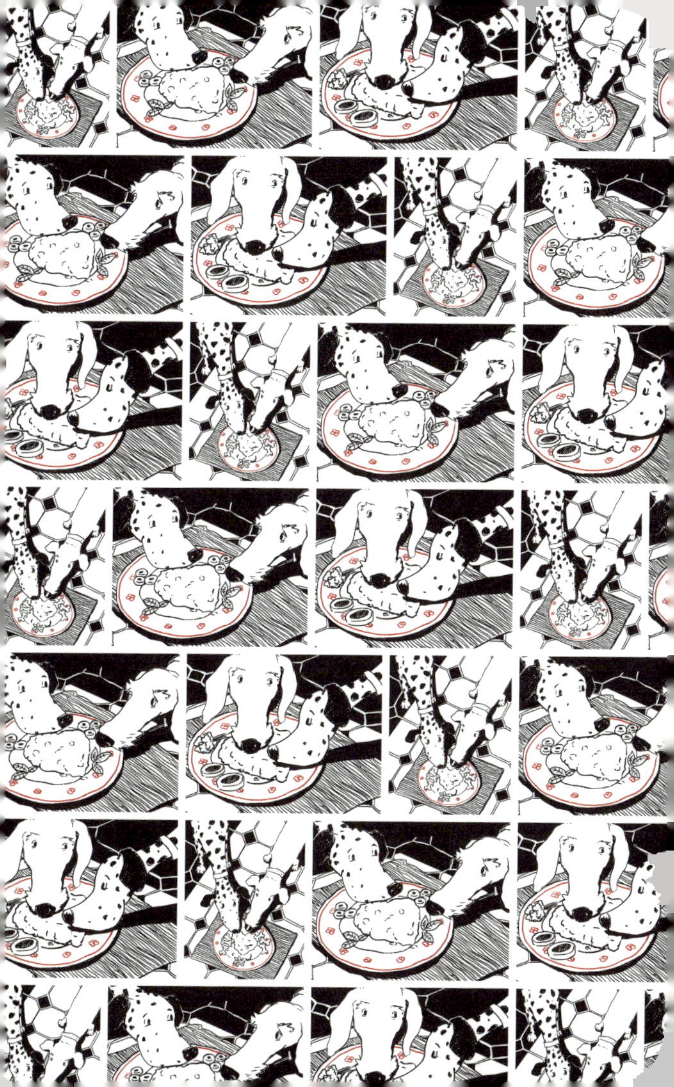

Tasso von Welfen hätte nicht glücklicher sein können

Die Meerschweinchen-Weihnacht
56 Seiten. Gebunden
Band 03118

Die Weihnachtsgeschichte, wie sie noch nie zu sehen war – mit Meerschweinchen in den Hauptrollen. Niedlich, possierlich und urkomisch stellen die haarigen Gesellen in entzückenden Kostümen die berühmtesten Szenen der Heiligen Nacht nach: die Empfängnis, die Vermählung von Maria und Josef, die Geburt Jesu, den Auftritt der Heiligen Drei Könige. Ein ganz zauberhaftes Geschenkbuch zum Schmunzeln.

Miriam Elia / Ezra Elia

Das Tagebuch von Edward dem Hamster

1990 – 1990

Aus dem Englischen von Sibylle Meyer

Band 51310

Montag. Mein Name ist Edward, und ich bin ein Hamster.
Dienstag. Heute kam der Tierarzt. Er hat mich angefasst.
Offenbar bin ich eine Frau.
Mittwoch. Doch keine Frau. Ich habe nachgesehen.
Donnerstag. Habe heute beschlossen,
das Rad nicht mehr zu benutzen.
Freitag. Sie können mir die Freiheit nehmen,
aber niemals die Seele …

In seinem erschütternden Tagebuch beschreibt Edward sein Dasein zwischen Käfigstäben und Futternapf.